Jean-François Chabas

La toile d'argent

Neuf

l'école des loisirs

11, rue de Sèvres, Paris 6e

Du même auteur à *l'école des loisirs*

Collection MÉDIUM

Les voyages d'Ino
La Boxe du Grand Accomplissement

Loi n° 49.956 du 16 juillet 1949 sur les publications destinées à la jeunesse : octobre 2004
Dépôt légal : octobre 2004
Imprimé en France par Hérissey

À Joo-Yeol Kim, merci.

La toile d'argent

On m'a tout de suite aimé, dans le village. C'est à cause des pirarucus. Parce que le jour de ma naissance on en a pêché deux, et que le pirarucu est un immense poisson ; il fournit presque cent kilos de chair délicieuse. Ce qui fait que, en même temps qu'un magnifique bébé de trois kilos, on a hérité d'un festin inhabituel.

Je me nomme Paschoal Peixeto et j'ai vu le jour il y a quarante ans, dans ce village d'Espirito Santo, que jamais je n'ai voulu quitter. Pourquoi le ferais-je ?

Aux gens, je rends leur affection ; et puis nous sommes moins pauvres qu'autrefois, grâce à l'aventure extraordinaire que j'ai vécue, lorsque j'étais enfant.

Espirito Santo se trouve sur le rìo Negro, dans l'État d'Amazonas, près de Manaus, au Brésil. Les paysans qui y habitent s'appellent les Caboclos. La région était riche quand l'hévéa, l'arbre à caoutchouc, rapportait beaucoup d'argent ; mais un jour, pour des raisons compliquées, l'hévéa de notre coin est passé de mode, l'économie s'est effondrée, et tout le monde est redevenu misérable.

Les fleuves d'Amazonie, le rìo Negro entre autres, ont les dimensions de véritables mers. Les cabanes d'Espirito Santo sont construites sur pilotis. Ces échasses nous permettent de vivre au-dessus de l'eau, quand le fleuve fait un caprice et sort un peu de son lit. On ne peut venir chez nous qu'en pirogue, en canoë : il n'y a pas de chemin qui conduise au village. D'un côté le rìo Negro, de l'autre la forêt, à hauteur d'homme si touffue et vivace qu'elle repousse une semaine après avoir été défrichée. Plus haut, beaucoup plus haut, c'est le sommet des arbres. Certains d'entre eux dépassent cinquante mètres et il faut huit hommes, se tenant par la main, pour en mesurer le tour.

Dans l'eau, il y a les piranhas, les petits poissons qui mangent les imprudents. Il y a le grand serpent sucuri, si fort qu'il dévore même les caïmans. Ce sont les dangers du fleuve. Dans la forêt, il y a les serpents plus petits, mais au venin si puissant qu'il vous tue en une heure. Il y a le jaguar. Et les araignées, et certaines grenouilles presque aussi venimeuses que les serpents. Ce sont les dangers de la terre. Mais on trouve aussi des tapirs, des tatous, des singes, des perroquets aux couleurs splendides, des centaines de sortes de papillons encore plus beaux que les perroquets. Sur le fleuve, aux endroits d'eau calme, des nénuphars géants peuvent supporter le poids d'un humain. Les lianes sont si longues qu'une seule suffirait à escalader le flanc d'une montagne.

Voilà mon pays. Allez savoir pourquoi, ce que j'ai toujours préféré, ce sont les grands arbres. À peine ai-je été en âge de marcher que je voulais déjà grimper dessus. C'est à cause de cette idée fixe que j'ai rencontré celles que personne n'avait jamais vues : les Ranhitas.

*
* *

Nous étions vraiment très pauvres. Le village avait tout le temps faim. On cultivait un peu de manioc, on cueillait des fruits, on chassait et on pêchait, mais ce n'est pas toujours aussi simple que le croient les citadins. Quand les récoltes rendaient mal, quand pêcheurs et chasseurs rentraient bredouilles, les ventres gargouillaient et nous sucions des racines pour tromper nos estomacs. Nous n'avions pas de médecin et, lorsque quelqu'un était vraiment malade, il n'aurait servi à rien de prendre une pirogue pour aller chercher en ville, au prix d'un voyage de trois jours, un docteur qui ne se serait pas déplacé gratuitement. Pas d'école non plus, à Espirito Santo. C'était une vie dure.

Malgré cela, je ne tenais pas en place. Les recommandations de ma mère, les réprimandes sévères de mon père, rien n'y faisait : dès l'âge de cinq ou six ans je m'échappais du village et je partais seul dans la forêt.

– Ce gosse a du sang de singe. Ça doit venir du côté de ta famille, disait mon père à ma mère.

– Tu parles ! Quand on voit comme ton père et tes oncles sont velus, pas la peine de se demander d'où il tient ça, répliquait-elle.

– Paschoal est un singe, Paschoal est un singe ! criait Benedita, ma plus jeune sœur, qui n'avait pourtant que trois ans.

Tout le village s'y mettait : j'étais le petit singe. Qu'on n'imagine pas que le surnom me déplaisait. Ma passion pour les arbres était telle que je ne pensais qu'aux façons les plus efficaces d'atteindre le sommet des plus grands d'entre eux. Très petit, je me contentais d'arbustes de trois ou quatre mètres, mais j'ai vite pris de l'assurance, j'ai inventé des techniques, me servant de cordes que j'utilisais pour assurer ma prise le long des gros troncs, et je suis arrivé à ce qu'on appelle la canopée, ce royaume à la cime des plus grands arbres. La canopée : un autre monde, avec des fleurs, comme certaines orchidées, qui ne poussent que là-haut. Des animaux qu'on ne voit pas au sol. Et, pour peu qu'on élève la tête par-delà le sommet de l'arbre le plus immense, on découvre une sorte de mer verte. On est au-dessus du monde des hommes, comme si on marchait sur le toit de la grande maison qui les abrite. Si on tombe, on est assuré de mourir. J'étais pourtant prêt à payer de ce prix mes voyages dans ce bel univers.

En Amazonie, les Indios ont beaucoup de croyances magiques. Les Caboclos, qui sont souvent chrétiens, se moquent d'eux. Mais la forêt et le fleuve sont si chargés de mystère qu'en fait tout le monde, ici, est un peu superstitieux. Il semble que la féerie est partout, que des esprits puissants soufflent sur nous ; que les humains sont leurs jouets. Si mes parents voulaient m'empêcher d'aller grimper le long du tronc des grands arbres, ce n'était pas uniquement à cause du risque de chute, ou des animaux dangereux qui pouvaient me mordre, me piquer ou m'avaler d'une bouchée. Au Brésil, on trouve des tas de pratiques qu'on appelle macumba, candomblé, xango, ou encore batouque, moitié magie, moitié religion, des croyances qui font vivre fantômes, zombies, toutes sortes de malédictions, d'animaux méchants à l'intelligence humaine. Une armée de terribles démons. Cela a toujours réussi à faire peur aux adultes. J'aime autant dire que les enfants, eux, quand on parlait à voix basse de ces choses, se mettaient à claquer des dents et devenaient verts comme des bananes pas mûres.

On dit que l'amour est aveugle ; il doit rendre sourd, aussi, parce que ma dévotion pour les arbres me faisait sourire, quand mon cousin Joaninho me murmurait, d'une voix tremblante :

– Tu vas te faire manger par le jaguar-zombie.

Je haussais les épaules quand mon frère Ernesto me secouait par le bras.

– Le vent maléfique va t'emporter au-dessus de la forêt, et on ne te retrouvera jamais…

– Mais oui, mais oui. C'est ça. Le vent maléfique.

– … et le sucuri géant va te gober comme une mouche.

– Oui-oui-oui. Allez, je file.

Le temps qu'on aille chercher un adulte pour m'empêcher de partir, j'étais déjà dans le monde vert.

Une fois, mes parents m'ont attaché au pilotis de la maison, avec une chaîne et un cadenas. Mais la nuit j'ai poussé des cris tellement épouvantables que tout le village s'est mis à brailler aussi fort que moi. En maugréant, mon père est venu me détacher. Et, dès le lendemain, j'ai repris mes fugues. Non, je n'avais peur de rien. À cette époque, si le diable m'était apparu, puant le bouc et brandissant sa fourche, je l'aurais repoussé distraitement.

– Excuse-moi, mon vieux, pas le temps. J'ai repéré un arbre qui me plaît.

Bien sûr, quand j'ai rencontré les Ranhitas, ç'a été tout à fait autre chose. Elles sont plutôt effrayantes.

*
* *

À l'âge de neuf ans, j'étais devenu un grimpeur si habile qu'un ouistiti, près de moi, aurait eu l'air d'un cul-de-jatte. Pour monter le long des troncs, je me servais de mes mains, mes pieds, mes coudes, mes genoux, mon front et mes dents. Un vrai acharné. Je passais mes journées en haut, tout en haut, la tête dépassant la mer verte de la canopée. Que je sois arrosé de pluie, bercé par le vent qui remuait les branches, ou que j'aie la peau séchée par le soleil, j'étais heureux. J'en oubliais la misère d'Espirito Santo.

Mais quand on est féru d'aventure, on cherche toujours à dépasser ce qu'on a déjà éprouvé ; et j'ai décidé de faire des ascensions de nuit.

C'était une autre affaire. La forêt amazonienne de jour, c'est dangereux. Mais à la lune – et cette lune, on ne l'aperçoit que dans les clairières, parce que, autrement, les frondaisons la cachent –, à la lune, eh bien, ce n'est pas raisonnable, surtout quand on n'a pas dix ans. C'est même une sacrée bêtise et la superstition n'a rien à y voir. Il y a une foule d'animaux qui se mettent en chasse la nuit ; ils sont plus rapides que vous, plus rusés, plus patients, ils voient dans l'obscurité. Et ils ont faim.

Je n'avais qu'une vieille lampe à pétrole, et, pour l'économiser, je ne la laissais pas tout le temps allumée. Quand je me retrouvais dans le noir complet, le moindre craquement pouvait signaler un danger bien réel, une gueule prête à déchiqueter. Un frottement, sur une branche, c'était peut-être les écailles d'un serpent dangereux. Comme un fou, je dois l'avouer, je négligeais tout cela, et je grimpais, la lampe accrochée à mon dos. À la cime des arbres, le spectacle était une féerie. La lune teintait de blanc-bleuté la mer des sommets, et je me croyais au paradis.

J'ai fait une dizaine de ces sorties, partagé entre la peur et l'excitation, et puis, une nuit de lune en croissant, j'ai entendu, depuis le sommet d'un arbre qui jouxtait le mien :

– On va l'attraper !

J'aurais bien voulu que cette voix soit celle d'un des habitants du village, décidé à me punir de ma bêtise. Oh oui, je l'aurais voulu. Hélas, la voix était trop grinçante, trop horrible pour appartenir à quelqu'un de ma connaissance. Je me suis immobilisé, priant pour avoir rêvé, mais autre chose, depuis un arbre opposé, a ajouté, sur un ton plus épouvantable encore :

– Oui, ouiii… Attrapons-le !

Un mouvement de terreur m'a fait perdre l'équilibre ; je me suis cramponné à une branche, mais ma lampe s'est décrochée, alors même que je projetais de l'allumer. Je l'ai entendue qui chutait le long du tronc sans fin.

– Attrapons-le! ont crié des voix qui semblaient venir de partout.

*
* *

Attrapé, je l'étais, et bien. Au début, je n'avais rien vu car, essayant de descendre de l'arbre en catastrophe, je m'étais retrouvé dans l'ombre des branches. J'avais pris sur la tête et les épaules une sorte de filet très lourd, j'y avais été comme enroulé, et je crois que je m'étais évanoui d'effroi. En reprenant mes esprits, ma vue s'est faite à l'obscurité, et je les ai entr'aperçues.

Elles étaient nombreuses, plus d'une dizaine, et elles avaient une allure bien étrange. On aurait dit de petites femmes, d'une trentaine de centimètres de haut, mais avec quatre bras, et quatre jambes. Leurs yeux jaunes brillaient comme ceux des caïmans à la surface d'un marigot. Il me semblait voir aussi, dans leurs sourires mauvais, des dents bien pointues.

– Le poltron se réveille ! a dit l'une d'entre elles.

Toutes se sont mises à ricaner, et c'était comme cent crécelles qui auraient tourné près de mes oreilles.

– Tu vas voir ce que tu vas voir ! s'est écriée celle qui était la plus proche de moi.

Elle m'a mordu l'orteil, jusqu'au sang. J'ai couiné, je me suis débattu, mais l'espèce de lourd filet était accroché à une grosse branche, et me tenait prisonnier comme si j'étais ligoté.

– Qui êtes-vous ? Qu'est-ce que vous faites là ? Qu'est-ce que vous me voulez ? Hein ? Hein ?

Je m'embrouillais, entre colère et angoisse.

Une autre bizarre créature, s'aidant de ses bras et jambes multiples, a grimpé le long du filet et a collé sa tête presque contre mon visage. Comme les autres, elle était vêtue de feuilles, mais une sorte de couronne brillant sur son crâne m'a fait penser qu'elle régnait sur ses compagnes.

– Beaucoup de questions, cher petit monsieur. Qui sommes-nous ? Les Ranhitas. Nous existons depuis des millions d'années, longtemps avant l'arrivée des humains. Nous sommes belles et intelligentes. Tu dois t'en être rendu compte. Que faisons-nous là ? Nous vivons la nuit en haut des arbres, et nous n'en descendons jamais. La mère de la mère de la mère de la grand-mère de notre arrière-arrière-arrière-grand-mère a tissé cette toile en argent, instrument pratique et élégant, n'est-ce pas, que nous jetons sur ceux que nous désirons manger. Ce qui répond à ta dernière question. Nous voulons tes joues.

– Et ton croupion, a dit une autre.

– Tes mollets!

– Tes yeux! Les yeux, c'est le meilleur!

– Oui! Ça se gobe!

Ma terreur était telle que je ne pouvais plus parler. Mais les Ranhitas papotaient avec entrain:

– Ça fait longtemps que nous n'avons pas mangé d'humain! Ah, si, il y a huit ans, vous vous souvenez? Ce savant idiot qui voulait étudier les orchidées... Il était venu en ballon dirigeable, il s'était posé sur les arbres. Il s'est laissé surprendre par le coucher du soleil ! Hi, hi, hi !

– Oui, mais bof, il était maigre comme un clou. Viande sèche. J'ai eu des filaments coincés entre les dents pendant trois nuits ! Merci bien !

– Moi, j'aime le hibou. Le gésier de hibou, ça vous a un petit goût...

– Vous direz ce que vous voudrez, le plus délicieux, ce sont les chauves-souris. Une bonne chauve-souris au jus de papaye...

– L'ennui, a dit un de ces monstres en me tâtant le nez de ses doigts crochus, c'est qu'il n'est pas bien gros, ce garçon. Si nous voulons toutes en profiter...

– Évidemment, toi, tu es une vraie goinfre. Moi, je me contenterai d'une oreille.

– Une oreille ! Ben voyons ! Avec l'œil, c'est ce qu'il y a de mieux !

– Juste une ! Je te laisse l'autre ! Il en a deux, des oreilles !

Les Ranhitas ont commencé à se disputer. Quand elles parlaient ou riaient, ce n'était déjà pas bien beau à entendre, mais leur querelle ressemblait à un concours de grincements de craie sur un tableau noir.

Plusieurs d'entre elles se sont jetées sur moi, tirant sur mes cheveux, sur mes pieds, comme pour se partager les morceaux alors que j'étais encore vivant. Je gigotais pour essayer d'échapper à leurs petites mains griffues.

C'est leur gloutonnerie qui m'a sauvé ; à force de me secouer dans tous les sens, elles ont décroché la toile qu'elle avaient suspendue à ma branche, et, toujours prisonnier du filet d'argent, je suis tombé. J'ai fermé les yeux. Au-dessus de moi, tandis que je prenais de la vitesse et que les branches fouettaient mon visage, j'ai entendu les hurlements de dépit des Ranhitas.

L'arbre où on m'avait capturé était si haut que j'ai eu le temps de penser: « Paschoal, mon vieux, tu ne finiras pas dans l'estomac de ces sales bêtes, mais tu vas mourir aplati comme une crêpe... »

J'ai rebondi de branche en branche, comme si les arbres jouaient avec moi avant que je m'écrabouille au sol, ce qui fait que je n'ai pas chuté au pied de celui où les Ranhitas m'avaient capturé.

Et cela m'a sauvé la vie.

J'ai atterri sur une surface molle, qui s'est enfoncée sous le poids de mon corps coincé dans le filet. Il y a eu un grand « floc », et ensuite je me suis senti comme suspendu sur un tapis volant. J'ai enfin ouvert les yeux.

Ma chute désordonnée m'avait conduit au-dessus d'une mare, sur laquelle flottaient les immenses feuilles des nénuphars Victoria. Celle qui avait amorti ma chute était aussi large que le toit d'une petite maison, si immense pour tout dire que, dans la pénombre, j'en discernais à peine les contours. Il avait bien fallu cela pour me supporter, avec mon habit d'argent.

Comble de chance, la grande feuille poussait juste au bord de la mare. D'un bond, rendu un peu maladroit par ma lourde charge, j'ai été sur le rivage. Là, j'ai réussi à me dégager de la toile d'argent, et j'ai passé un long moment à compter mes os, qui avaient tous l'air en place. Mis à part quelques éraflures, j'étais intact. Je ne savais pas où j'étais. Sans la lampe, pas question de marcher dans la forêt. J'ai ramassé une grosse branche, de quoi faire une massue, je me suis assis sur la toile d'argent, et j'ai attendu que le jour se lève.

« Nous vivons en haut des arbres, et nous n'en descendons jamais. Nous n'en descendons jamais… »

Je me répétais les mots de la reine des Ranhitas. Mais si elles faisaient une exception pour venir récupérer leur filet d'argent, et leur dîner par la même occasion ?

À l'aube, je n'avais plus un poil de sec. Je me suis levé dès que j'y ai vu assez clair, et j'ai foncé à travers lianes, troncs et broussailles, la toile jetée sur mes épaules, pour retrouver Espirito Santo.

J'étais à peine arrivé que j'ai sauté sur le vieux Saturnino, le doyen du village, qui s'était levé pour faire le café devant sa cabane, et je lui ai raconté mon histoire en brandissant le lourd filet.

Il m'a posé une main sur le front, et il a marmonné, comme il le fait toujours :

– Ce petit est tout à fait fou. Fou comme une poule qui a bu de la bière.

– Mais, Saturnino…

– Complètement fou, oui, messieurs-dames.

*
* *

Personne ne m'a cru. On a dit que la toile d'argent datait de l'époque où les Portugais avaient envahi notre pays, que la seule chose étrange dans tout cela, c'était que je l'avais trouvée dans un arbre ; et puis, qu'elle s'était aussi bien conservée, malgré les siècles. J'ai arrêté de parler des Ranhitas quand on a commencé à dire – plus seulement le vieux Saturnino, mais le village entier – que j'étais dérangé. Un singe, à la rigueur. Mais un singe maboul, cela commençait à faire beaucoup. Mon père est allé vendre la toile à Manaus. Elle pesait presque cinquante livres, il y en avait pour une fortune. Espirito Santo a eu une petite école, avec un vrai professeur, un dispensaire avec un vrai médecin. Le reste de l'argent a été réparti entre les habitants pour acheter du grain à semer. Et comme, bon sang, c'était quand même moi qui avais découvert le filet, mes parents m'ont offert une montre. Luxe inouï, à cette époque. J'ai passé mon temps à donner l'heure à tout le monde.

Croyez-le ou non, j'ai continué à monter aux arbres. Mais plus jamais la nuit. Un soir, alors que le soleil déclinait et que je me dépêchais de quitter la canopée, j'ai cru entendre une voix grinçante, venant des cimes :

– Espèce de sale voleur…

J'ai continué à descendre, un peu plus vite, et quand j'ai sauté au pied du grand arbre, levant la tête, j'ai crié de toutes mes forces :

– Tant pis pour vous ! Paschoal Peixeto, il ne se laisse pas manger comme ça !

Non, mais.

Le sourire de Gabriela

Mon souvenir le plus ancien remonte à mes cinq ans. Gabriela Podyalovskaya m'avait accompagnée à l'hôpital, car je souffrais de graves engelures. Mon corps ne s'habituait pas au froid. Bien entendu, je n'ai pas en mémoire l'ensemble du déroulement de cette visite. Ainsi, je ne me rappelle plus les soins dont je fis l'objet. Il n'y a qu'une chose qui me revienne avec exactitude.

Après qu'on s'était occupé de moi, nous nous en allions, suivant un long couloir vert pâle, celui sans doute du service de pédiatrie ; nous passâmes devant une petite pièce. Par la porte entrouverte, nous aperçûmes des enfants de mon âge, bien petits en vérité, et si mal en point que je m'en rendis compte, moi-même. Une matrone, infirmière ou aide-soignante, criait sur eux, leur ordonnant de manger. Ils étaient attablés devant des assiettes de purée, ou de compote. Cette nourriture avait une couleur jaune safran. Les enfants baissaient la tête, aucun d'entre eux ne semblait décidé à commencer ce triste repas, et la femme hurla encore, plus fort. Alors Gabriela entra dans la pièce, elle m'assit sur une chaise de plastique bleu, près d'une fenêtre, elle fit un signe de la tête à la femme énervée, puis elle alla droit sur un des enfants, une petite fille aux cheveux noirs retenus par un épais chouchou. Elle prit la cuiller à côté de l'assiette, cueillit une portion de la nourriture safran, sourit, et tendit le tout vers les lèvres scellées. La petite fille avala cette bouchée. En une minute, elle avait fini de manger. Gabriela passa à l'enfant suivant, et la scène se renouvela. Elle s'occupa à tour de rôle des cinq ou six marmots. La femme qui avait crié ne disait pas un mot, pas plus que les petits malades, pas plus que Gabriela, qui se contentait de sourire.

Quand le repas fut achevé, elle fit un geste de la main, agitant les doigts comme on pianoterait dans le vide, vînt me reprendre dans ses bras, et m'emmena.

Je n'ai jamais oublié cela. Il m'a cependant fallu de longues années pour comprendre ce qui m'avait frappé dans cet épisode. Gabriela s'était occupée de ces enfants comme s'ils avaient été les siens, et ils l'avaient senti, à travers peut-être son sourire. C'est que le sourire de Gabriela Podyalovskaya était tout à fait irrésistible.

*
* *

Je m'appelle Amina, et je vins au monde le 11 novembre 1975, jour de l'indépendance de mon pays, l'Angola. Après une longue période d'occupation portugaise, la nation devenait libre. Mais en Afrique, pour le malheur du continent, les choses ne sont jamais aussi simples, et même si les Portugais étaient partis, l'Angola fut victime d'une terrible guerre civile. D'un côté le FNLA et l'UNITA, appuyés par la CIA américaine qui redoutait que l'Angola devint communiste, de l'autre le MPLA, soutenu par les Soviétiques. Mon père était un membre important du MPLA. C'est ainsi qu'il partit pour Moscou, prendre des ordres afin d'organiser les combats.

Les crimes étaient si nombreux et il y avait tant de civils assassinés qu'il n'était pas question pour lui de nous laisser seules à Luanda, ma mère et moi. Nous nous envolâmes donc tous les trois. J'avais à peine un mois.

Les renseignements que Gabriela, Youri ou moi-même avons glanés comportent de nombreuses lacunes. Nous savons tout de même que mon père, à peine arrivé en Union soviétique, reçut l'ordre de retourner en Angola, puis de revenir à Moscou avec certaines informations qu'il ne pouvait rassembler qu'à

Luanda. Mais son avion fut touché par un obus de mortier des forces de l'UNITA tandis qu'il manœuvrait au sol pour rejoindre les hangars. Tous les occupants de l'appareil furent tués. Ma mère et moi étions toujours à Moscou, mon père, et le Parti, n'ayant pas jugé utile de nous déplacer pour si peu de temps. On m'a dit que ma mère, qui ne parlait que le portugais et le kikongo, avait été presque immédiatement lâchée par des autorités soviétiques n'ayant que faire d'elle et de son bébé. On nous avait juste autorisées à rester à Moscou. Rentrer seules à Luanda, c'était la certitude d'y périr. Nous logeâmes dans une pièce minuscule, durant trois mois. Un soir, l'hiver russe installé, ma mère me laissa, peut-être pour aller chercher de quoi manger, peut-être pour mendier – quand on me trouva, il n'y avait plus un rouble dans cette chambre –, et elle ne revint pas. Elle fut découverte, déjà glacée, dans une ruelle de la grande ville. Le crâne défoncé par un tuyau de plomb. On ne peut jurer de ces choses, pourtant j'en suis convaincue, à cause de ce que je subis plus tard : elle mourut d'avoir la peau noire.

Après une nuit sans biberon, je hurlais si fort que des voisins défoncèrent la porte et me trouvèrent affamée, tellement affaiblie par le froid régnant dans la pièce qu'ils ne doutèrent pas de ma disparition prochaine. Ils m'emmenèrent chez un médecin qui logeait au rez-de-chaussée de notre misérable immeuble, et grâce à ses soins je survécus, malgré tout. Des institutions auxquelles on me confia, je ne connais que le nom. Il y a là une certaine logique, j'eusse été bien précoce dans mes souvenirs : j'avais un an à peine lorsque Gabriela Podyalovskaya m'adopta.

Son père avait été un haut dignitaire du Parti ; elle-même avait mené de brillantes études scientifiques, qui l'avaient conduite à faire partie des premières femmes destinées à l'espace : Gabriela eût pu devenir cosmonaute, elle en avait reçu la formation. Mais l'armée ne convenait pas à cette jeune femme au caractère indocile ; elle fut flanquée à la porte de Tiouratam – que les Occidentaux appelaient Baïkonour – pour avoir giflé un général entreprenant.

Elle rencontra Youri, qui avait vingt-quatre ans de plus qu'elle, et l'épousa sur-le-champ. Ce n'était pas un pis-aller ;

avec son intelligence taquine, ses cheveux blond vénitien, ses yeux d'un bleu profond et sa frêle mais gracieuse silhouette, elle faisait tourner les têtes. Si elle se maria avec Youri, c'est qu'elle trouva en lui un être à protéger. Ce petit fonctionnaire des douanes, aussi fragile que sa femme physiquement, et timide jusqu'à la maladie, d'une gentillesse à faire fondre un village d'igloos, était l'idéal masculin de Gabriela.

Ils ne purent avoir d'enfants ; qu'à cela ne tienne, on en adopterait. Quand je fis mon entrée dans la famille, ils avaient déjà recueilli Anatoli et Léonid. Gabriela avait quarante ans, soit trente-neuf de plus que moi. Quant à Youri le transparent, il fêtait ses soixante-quatre ans. Après que je fus installée chez eux, ils jugèrent que trois enfants, c'était bien. Je le crois aussi. Je n'ose imaginer la tête de Youri si Gabriela avait continué son manège. À soixante-dix ans passés, d'autres filles ou fils adoptifs, prêts à lui vomir dessus lait et compotes, à brailler, et à tirer ses cheveux, sur la tempe, près de l'oreille, là où c'est le plus douloureux, l'eussent achevé.

*
* *

Autant que je puisse en juger, et je crois savoir de quoi je parle, les Noirs n'ont jamais été bien vus en Russie, qu'il s'agisse de la période soviétique ou d'aujourd'hui. On pourrait expliquer cela par le fait qu'ils y sont très peu nombreux, et qu'on a peur de ce qu'on ne connaît pas. Mais comment, alors, pourrait-on trouver une raison au racisme américain ?

Non, je n'en comprends pas la cause, mais j'en vécus les effets: les Noirs avaient, pour beaucoup de monde, mauvaise presse, dans mon pays d'adoption. Je m'en rendis compte dans les rues, lorsque Gabriela, Youri ou mes frères m'accompagnaient, à travers quelques murmures méprisants et des remarques à voix plus haute, mais que j'étais trop petite, d'abord, pour comprendre. J'en pris toute la mesure dès mes premiers jours d'école. Je n'y étais arrivée que tardivement, Gabriela ayant décidé de nous garder, Léonid, Anatoli et moi, à la maison, donnant elle-même les cours qui correspondaient à la maternelle. Je pense qu'elle voulait profiter de nous autant que possible; et puis elle devait deviner combien j'allais en baver, et préférait que je fusse plus âgée pour affronter la marée de laideur.

À l'école, j'étais la seule enfant de couleur parmi la nuée de petits Russes et on commença par me montrer du doigt ; une fille de mon âge m'appela « vilain corbeau », puis un garçon s'enhardit à taper sur mes cheveux mousseux, que je portais en boule afro. Fort heureusement Léonid, qui avait quatre ans de plus que moi, partageait ma cour de récréation. Mon frère est d'une nature sanguine et il est armé pour résister aux hivers les plus épouvantables. Pour abattre un pin Douglas à coups de pied. Il y a vingt-trois ans de cela, il présentait déjà des dispositions à la brutalité, ce qui ne fit pas le bonheur de celui qui m'avait dérangé la chevelure. C'est peu dire qu'il lui aplatit le nez ; il le lui fit plutôt rentrer à l'intérieur du visage, comme on retourne un doigt de gant.

Dès lors on continua à m'insulter, mais plus discrètement. Les mots s'éteignaient, à peine m'étais-je retournée pour voir de quelle bouche ils sortaient; en revanche, je n'avais pas un seul ami. J'appris, depuis la petite enfance, à me contenter de la compagnie de Léonid et de celle d'Anatoli, qui, moins vaillant que notre aîné, me protégeait aussi, et me le montrait en passant à tout bout de champ son bras autour de mes épaules, chantant des chansons idiotes qui me faisaient rire. Le plus admirable chez mes frères, c'est que, à l'âge où l'on quête l'approbation des copains, jamais ils ne se désolidarisèrent de moi. Ils firent bloc avec leur sœur, n'ayant rien à y gagner. Rien d'autre que mon amour.

*
* *

– Allez, hop ! Au Kamtchatka !

Gabriela avait beau afficher une mine réjouie, il me suffisait de poser les yeux sur le visage décomposé de Youri pour comprendre qu'il y avait un os. Ce départ présentait un je-ne-sais-quoi de louche et de pas drôle du tout.

J'appris par la suite qu'il était dû à un cafouillage professionnel de mon père adoptif; il avait fait une erreur dans des taxes douanières. On avait commencé par l'accuser de détournement de fonds, puis on avait découvert qu'il ne s'agissait que d'une maladresse. Le régime n'était hélas pas clément. On cherchera d'ailleurs en vain, dans l'histoire russe depuis des siècles, un régime clément. Des tsars aux communistes, puis à ce que le pays vit aujourd'hui, on dirait que le peuple est destiné à vivre sous le joug.

En tout état de cause, ces gens sévères, bien qu'ils eussent découvert l'innocence de Youri, nous envoyèrent illico au Kamtchatka, péninsule perdue à plus de cinq mille kilomètres de Moscou, à l'extrême est, entre la mer d'Okhotsk et l'océan Pacifique. Le trou du cul du monde, comme le disait affectueusement Léonid. Encore n'avait-il pas vu l'endroit.

Deux jours avant la nouvelle de ce bannissement, Gabriela m'avait emmenée sur la tombe de ma mère.

– Il faut que tu la voies, c'est important, Amina.

Je ne comprenais pas en quoi cela avait quelque nécessité. Ma mère était responsable de ma couleur, et ma couleur était ma croix. J'avais toutefois accompagné Gabriela au cimetière : elle m'avait lancé un de ses sourires décongelants.

« Fatoumata Dos Santos ».

C'était tout. Ni date ni épitaphe.

Ma mère se prénommait Fatoumata, mon père Luis. Tout cela n'était guère russe, et ce que je voulais à tout prix, à cet âge idiot –, on peut se montrer d'une stupidité considérable, à sept ans –, c'était transpirer la Russie, la russitude, la russerie. Être comme les autres.

J'y suis heureusement retournée depuis, mais je dois avouer que ce jour-là, devant la petite pierre tombale du miteux cimetière, je n'éprouvais que de la rancune.

Une vingtaine d'années avant notre exil, un séisme d'une grande violence, de magnitude 8,4, ce qui est énorme, avait ravagé le Kamtchatka, région instable et volcanique ; on y trouve plus de soixante volcans, dont un cinquième en activité.

Nous étions destinés à rencontrer sur place de grande difficultés matérielles, car, dans un tour de passe-passe caractéristique des aberrations du régime, on avait affecté Youri à Oust-Kamtchatsk, une ville à l'extrême ouest de la péninsule, mais en le mettant à la retraite du même coup. Gabriela ne travaillant plus, nous nous trouvâmes un temps au Kamtchatka sans autre ressource que la pension ridicule qui était allouée à son mari.

J'avais dix ans, Léonid quatorze, Anatoli presque treize. Nous étions des produits de la grande ville ; Oust-Kamtchatsk n'avait pas grand-chose à voir avec Moscou. C'était un port du nord du Pacifique, qui me parut sinistre et désolé. Surtout, j'avais imaginé que le racisme dont j'avais été victime n'aurait pas cours dans un coin reculé ; c'était bien mal connaître les hommes. En fait, les manifestations l'hostilité furent très violentes, plus encore que dans la capitale. Et les enfants ou les adolescents d'Oust-Kamtchatsk étaient autrement solides, passant leur temps à tirer sur des palans, à porter des caisses, à dégager véhicules et habitations de la glace et de la neige, à coups de pelle ou de pioche.

Pour la première fois, Léonid, qui prenait mon parti, se fit casser la figure par une sorte d'ours qui ne devait guère être plus âgé que lui.

Gabriela me surprit dans la salle de bains, le lendemain, tandis que je frottais contre ma cuisse une éponge imbibée d'eau de Javel. La peau me brûlait, mais cela ne m'arrêtait pas. Ma mère adoptive comprit, à la seconde, et son éternel sourire s'évanouit. Elle m'arracha l'éponge.

– Tu veux être une Blanche ? Pas la peine d'essayer de te décaper. Je ne vois que la peinture, mademoiselle.

Je la regardais ; un mélange de rage, et de haine, je crois, gonflait ma gorge, m'empêchant presque de parler.

– Je veux du gel pour avoir les cheveux raides.

– Oh, ça ne suffira pas, Amina. Les Noirs utilisent des crèmes spéciales pour ça, mais nous n'en trouverons pas à Oust-Kamtchatsk. Tu sais le plus triste, mademoiselle ? C'est qu'il paraît que, même en Afrique, certaines femmes veulent se blanchir la peau et décrêper leurs cheveux. Pourtant, elles ne sont pas comme toi des petites Noires noyées dans un océan de Blancs. On ne leur dit pas qu'elles sont de sales négresses. Mais pour elles, être blanches, c'est avoir l'argent, la science, la vie facile, et la séduction. Avoir honte de sa peau, c'est un très grand malheur. Viens avec moi.

Youri le transparent n'étais certes pas un original ; nous possédions cependant, grâce à lui, un moyen de transport plus que rare en URSS, à cette époque : une Ford Mustang. Une Mustang à Moscou, mais surtout à Oust-Kamtchatsk, c'était un peu comme un crocodile sur la banquise.

Youri l'avait achetée cinq ans auparavant à un employé de l'ambassade des États-Unis qui rentrait au pays. Elle avait alors plus de deux cent mille kilomètres au compteur. Quand je montai dedans, poussée par une Gabriela inhabituellement brusque, ce matin où j'avais voulu me blanchir la peau, notre voiture devait avoir dépassé les trois cent mille kilomètres ; elle roulait toujours, même s'il fallait développer des trésors d'ingéniosité et de câlineries pour la faire démarrer par jours de grand froid. Elle détestait, aussi, l'humidité. On peut dire que le port lui convenait à merveille.

Nous roulâmes deux heures ; à mesure que nous nous enfoncions dans l'intérieur des terres, la route se faisait moins praticable, et la Mustang n'est pas exactement un 4 X 4. Enfin, nous nous arrêtâmes au pied de ce que je pris pour une très haute colline, presque une montagne. Il n'y avait rien d'humain alentour, ni construction ni personne, juste la route de terre cahoteuse qui nous avait amenées là.

– Allez ! On monte.

Gabriela avait retrouvé son sourire. Considérant la pente à gravir, je ne partageais pas du tout cette jovialité.

– Non.

– Oh si, mademoiselle.

A-t-on jamais longtemps résisté à Gabriela Podyalovskaya ? J'entrepris l'ascension. La roche était noire, avec par endroits des reflets bleutés. C'était un mélange de couleurs qui n'avait rien de moscovite, cette pierre qui tranchait, quand je levais la tête, sur un ciel si clair qu'il en était presque blanc. Je m'arrêtai à mi-chemin, exigeant une pause.

Gabriela s'assit à côté de moi, coudes posés sur les genoux, mains jointes, se roulant les pouces. Elle renifla, se racla la gorge avec un bruit si exagéré et écœurant que je la regardai avec indignation.

– Euah ! dégoûtante !

– Tu crois que tu es ce que les autres disent que tu es ?

– Quoi ?

– Tu n'es que ce qu'ils pensent que tu es ?

– Je comprends rien.

– Mais si. Tu existeras par ce que tu feras, par ce que tu surmonteras, et alors, tu sauras qui tu es. Comment peux-tu laisser des étrangers abrutis te dicter l'image que tu as de toi-même ? Tu accordes tant d'importance à ces minables ?

La petite montagne était un volcan ; on le découvrait quand on arrivait à son sommet. Un cratère aux pentes douces, érodées par le temps, s'ouvrait dans notre direction, comme une gueule immense.

– Je vais en faire mon métier, dit Gabriela, considérant le fond du cratère, à la manière d'un singulier dentiste.

– J'étudie tout cela depuis Moscou, depuis qu'on nous a dit qu'on nous envoyait ici. Je vais devenir vulcanologue.

– Comme ça ?

– Il faudra un peu de temps, mais crois-moi, mon Amina, j'y arriverai.

– Bien. Et tes trucs de… « tu sais qu'ils ne savent pas que tu es ce qu'ils savent que tu n'es pas », que…

– Ce n'est pas une plaisanterie. C'est une recette pour éviter le malheur.

– Comme tu veux. Pourquoi est-ce que tu m'as traînée ici pour me parler ? On était quand même mieux à la maison.

– Non, non... Tu sais, quand je n'ai rien d'autre à faire, quand je m'ennuie énormément, il m'arrive de penser à toi.

– Pfff...

– Je pense à toi tout le temps. Et à ce que tu subis. Quand tu as de la peine, quand tu es insultée, je le ressens exactement comme si on s'en prenait à moi. Sauf que ça me donne envie de tuer, alors que je n'ai jamais pensé assassiner les gens qui m'ont fait du mal. Je suppose que cela veut dire que je t'aime plus que je ne m'aime, moi...

– Et les volcans ?

– Regarde ce monstre énorme, qui a craché du feu il y a cent mille ans, et qui s'y remettra peut-être demain. À notre échelle humaine, il est intemporel. Tu comprends ce que je veux dire ?

– Euh… Pas très bien.

– Il y a une semaine, je suis allée voir un autre volcan, en activité. Si je ne t'y ai pas emmenée aujourd'hui, c'est que je ne m'y connais pas encore assez. Je veux être sûre de ne pas te mettre en danger. Donc, tu vois, je regardais les fumerolles, et je pensais aux temps anciens, ceux de la création de ces volcans. J'imaginais la terreur des premiers hommes qui se sont installés ici, quand un de ces cracheurs de feu entrait en éruption, ou quand un tremblement de terre très violent faisait glisser comme du gravier, sur la pente, des blocs de centaines de tonnes. Ces hommes, qui devaient avoir si peur. Je me disais que cette épouvantable terreur les précipitait dans la même course, ou les faisait se terrer dans la même caverne. Je réfléchissais à notre si grande fragilité face aux secousses de la Terre, et j'ai senti à quel point, devant cela, une différence de couleur de peau était insignifiante, jusqu'à devenir grotesque. Grotesque ! Le sourire de Gabriela lui mangeait le visage.

Il faut imaginer que ma mère adoptive et moi étions tissées sur une trame commune, même si mes fils étaient plus sombres que les siens, parce que je compris exactement ce qu'elle avait voulu me dire, sur le volcan. Et cela me donna une force immense ; chaque fois qu'on s'en prenait à moi, j'imaginais mon agresseur en train de cavaler, une coulée de lave aux fesses. C'était réconfortant.

Léonid continuait à se battre pour moi, mais pas aussi souvent. J'avais moins besoin des accolades d'Anatoli. Quant à Youri, plus transparent que jamais, il venait, aux jours de froid supportable, regarder les bateaux du port. Je suis sûre – et c'est bien étrange, en vérité, car sa vie atone m'eût rendue folle – qu'il était heureux, dans son rêve éternel.

Gabriela devint vulcanologue ; elle passait l'hiver dans un laboratoire d'Oust-Kamtchatsk et, aux beaux jours, elle s'en allait sur les volcans pour poser ou relever des instruments de mesure, faire des observations. Souvent, elle partait seule. Elle adorait son nouveau travail. Ayant dépassé la cinquantaine, elle paraissait plus jeune encore que lorsque nous vivions à Moscou. Peut-être que le bonheur ou l'accomplissement ne se contentent pas de freiner le temps. Parfois, ils doivent aider à le remonter. C'est plus efficace qu'une crème de nuit, ou qu'un masque au concombre. Moi, je vieillissais terriblement. C'est ainsi, du moins, que je voyais les choses. À treize ans, je tombai amoureuse d'un pêcheur de quinze ans, qui s'appelait Matias, métis d'un Russe continental et d'une Koriak, descendante des peuplades indigènes du Kamtchatka. Son père l'avait enlevée à son clan, qui vivait à l'extrême nord de la péninsule, et l'avait emmenée à Oust-Kamtchatsk pour l'épouser, contre l'avis de la belle-famille. Les deux grands peuples autochtones du Kamtchatka, Selcups et Koriaks, ont presque disparu. Il sont moins de dix mille et vivent de pêche artisanale, ou de l'élevage des rennes. Bien que né à Oust-Kamtchatsk et élevé à la mode russe, Matias était un garçon sauvage, très imprévisible, différent de tous ceux que j'avais jamais rencontrés, à Moscou ou dans la péninsule.

Il était beau surtout, à en tomber le cul sur la glace.

J'allais à l'école, Matias partait tous les jours pour des excursions de pêche côtière, sur un petit caboteur.

La moitié du port me maudissait ou me tournait le dos à cause de ma couleur. Et ma timidité accentuait encore cet ostracisme. Quant au beau Matias, que j'avais observé de loin, s'il lui arrivait de rire avec ses compagnons pêcheurs, il ne parlait presque jamais.

Je me noyais dans mes amours impossibles, si bien que je me confiai à Gabriela.

Elle m'accompagna sur le port, un jour où nous pouvions prétexter des achats de poisson à la criée, et discrètement je lui montrai mon héros.

– C'est vrai qu'il est beau ! dit-elle.

– Tu devrais gueuler plus fort. Je suis sûre qu'il y a deux ou trois personnes dans le coin qui ne t'ont pas entendue.

– Eh, oh ! Il est à cinquante mètres, ton bonhomme.

– Shhtt ! Mais shhtt ! Plus jamais ! Plus jamais je te parle. Tu vas… aaah ! Il nous regarde, il nous regarde !

Je tombai malade. Il me semble qu'on peut le dire : malade. Je ne pensais pas que le sentiment amoureux pouvait provoquer un pareil état. Une sorte de mélange redoutable : grippe, intoxication alimentaire, courbatures, conjonctivite (pour les yeux larmoyants).

Amina l'épave.

Gabriela promenait sur moi un regard dédaigneux, soupirait, et levait les yeux au ciel. De plus, j'avais eu le malheur – si quelque copine avait été ma confidente, je n'eusse pas révélé mes secrets à n'importe qui – de parler de Matias à Léonid, et, alors qu'il s'était toujours montré prêt à me défendre, contre une armée de tigres si nécessaire, mes tourments le faisaient ricaner.

– Hou, hou ! Elle est amoureuse !

Mon glorieux grand frère, qui affectait des manières de garçon de huit ans. Et je préférais ne pas imaginer la réaction d'Anatoli si je m'ouvrais à lui de ces tourments. Ce n'était pas là que je trouverais du réconfort. Je m'en allais sur le port, et de loin je contemplais mon Apollon.

*
* *

– Qu'est-ce que tu cherches ?

Je fis un bond, et sentis mes cheveux se raidir, sans le concours d'aucune crème décrêpante. Matias avait contourné deux grands conteneurs métalliques pour venir dans mon dos. Je n'avais jamais vu ses yeux de si près. Les iris étaient d'un noir profond, qui ne se distinguait pas de la pupille. Deux grands trous.

J'étais incapable d'ouvrir la bouche, et mon cœur faisait des bonds facétieux.

– Je te plais ?

Tout de même, d'indignation, je réussis à desserrer les lèvres. Mais le son ne venait pas.

– Je te plais sûrement. Tu viens me voir tout le temps. Je sais qui tu es. Tu es Amina, la fille de madame Podyalovskaya, celle qui s'occupe des volcans. C'est une jolie femme. Toi aussi, tu es jolie. J'aime ta peau noire.

Il tendit la main pour toucher ma joue.

– Elle est douce.

C'était une si étrange façon d'agir et de s'exprimer, comme si ses pensées s'échappaient, sans le filtre de la crainte ou du moindre calcul. Je ne trouvai rien à dire.

– Il faut que je retourne travailler. Viens me voir quand tu voudras. Comme ça, j'apprendrai à te connaître.

Quatre jours durant, j'évitai le port. Je n'arrivais pas à ordonner mes pensées, on m'avait secouée trop fort. Cette fois, je n'avais rien révélé de l'aventure. Dans ma petite chambre, je m'efforçais de faire resurgir la sensation des doigts de Matias sur ma joue. Ma peur, et mon plaisir.

À la fin de l'après-midi du quatrième jour, j'allai directement de l'école au port ; j'attendis que le bateau de Matias, le *Golomiaka*, revînt de sa journée. Je savais qu'il serait bientôt là. Pour m'aider, je pensais à Gabriela, à son sourire, à ce qu'il recelait de courage et d'optimisme ; aux petits hommes qui couraient, poursuivis par les éruptions.

Quand le *Golomiaka* vint s'aligner contre le quai, j'étais prête. Je laissai Matias décharger les caisses avec ses compagnons et, lorsque je vis qu'il en avait terminé, je marchai vers lui. Il retirait ses gros gants ; il leva la tête et, le visage impassible, me regarda.

Un des pêcheurs, qui avait peut-être trente ans, fit à voix haute une remarque grossière. Matias se tourna vers lui, fronça les sourcils, et mit un doigt sur ses lèvres, comme on le ferait avec un enfant mal élevé. À ma très grande surprise, l'homme rougit, haussa les épaules et se dépêcha de remonter à bord du bateau.

– On bouge, dit Matias.

Nous nous éloignâmes au bout d'une des jetées, et nous assîmes sur une large bouée de plastique orange, alignée contre la rambarde de ciment. Nous restâmes longtemps sans parler ; c'est moi qui demandai, ressentant la folie de ma question :

– Tu aimes vraiment la peau noire ?

– C'est joli. Et c'est rare, ici.

– Bien sûr. Tu me trouves belle ?

– À l'extérieur, sûrement.

– …

– Grand-Père, le père de ma mère, m'a dit que les femmes, il faut en regarder l'aspect – c'est bien, une jolie femme –, mais qu'il faut aussi vite que possible en connaître l'esprit. Grand-Père a toujours raison. Il y avait une fille ici, elle est partie pour Srednekolymsk, elle était très jolie, avec des cheveux longs jusque-là. Mais elle avait le cœur pourri. Un de mes amis a failli mourir à cause d'elle. Il voulait se tuer. Ce cœur pourri, ça la rendait laide. Peut-être pas pour ceux qui n'ont pas eu la chance de recevoir les conseils de mon grand-père, mais pour moi, si, elle était laide. C'est nécessaire d'être avec une fille belle dehors, et dedans. Toi, je sais que tu es belle dehors. Dedans, je ne sais pas. Grand-Père a des yeux qui voient ça tout de suite. Moi, je suis trop jeune. Je n'ai pas d'expérience. Il faudra que tu me fasses visiter ton cœur et ta tête.

Matias se tut, comme essoufflé d'avoir trop parlé sans entraînement.

Je sus, n'ayant pas atteint quatorze ans, que j'avais trouvé mon homme. C'était il y a presque deux décennies. Je ne me trompais pas ; nous ne nous sommes jamais quittés, même quand je suis allée à Luanda pour connaître le pays de mes pères.

Ce soir-là sur la jetée, par quelque prodige, le sourire que je fis à Matias était exactement celui de Gabriela. Un sourire d'allégresse.

La terre aux mille lacs

Cette histoire date de soixante-dix ans. Conrad était alors un homme jeune. Il chassait les animaux pour leur fourrure. La région qui l'avait vu naître, et qu'il parcourait à la recherche de ses proies, s'appelait la Mazurie, une immense étendue au nord-est de la Pologne.

La Mazurie abritait des loups, des ours, des castors, des bisons, de quoi rendre riche un homme habile à traquer ce gibier. Elle était si vaste, couverte de forêts, de plaines et d'infinies étendues d'eau qu'on l'avait surnommée la Terre aux mille lacs. Conrad avait l'allure d'un géant blond aux moustaches tombantes, aux épaules si larges qu'il passait à peine le chambranle des portes. Il possédait aussi le génie de la trace, et une fois qu'il s'était mis sur la piste d'une bête, on pouvait être sûr que celle-ci serait morte et écorchée avant la nuit tombée. Mais Conrad, s'il était admiré pour ses extraordinaires talents de trappeur, était redouté des humains, car, d'un caractère emporté, quand il avait ingurgité trop de vodka, il cassait les bras et les jambes comme un enfant méchant s'acharne sur les ailes des mouches. Il n'était pas cruel. C'était simplement un homme fruste, qui avait vu sa famille disparaître de maladie alors qu'il était trop jeune; comme un animal il avait survécu en ne faisant appel à personne. Il avait pris goût à la solitude, il en tirait même de l'orgueil. Aussi allait-il peu souvent à Myszyniec, le village le plus proche de sa cabane, situé entre la forêt de Pisk et celle de Kurpie. Conrad le géant vivait seul, entassait les peaux qu'il allait vendre une fois par an dans la ville d'Olstyn ; il en revenait avec de l'or qu'il cachait dans une caissette, sous les racines d'un grand bouleau. Conrad n'était guère heureux, car il n'est pas bon, en général, qu'un être humain ne vive que pour lui-même. Mais le trappeur était trop occupé par ses chasses pour se poser la question du bonheur, et quand la tristesse le frappait au détour d'une soirée d'hiver, il la chassait à grandes lampées d'alcool. Alors, il ne cassait que ses chaises ou sa table, qu'il réparait piteusement le lendemain.

Dans le cours de sa vingt-huitième année, advint cependant un événement qui changea sa vie.

Conrad suivait la piste d'un élan. Il aimait le goût de sa viande, et le cuir était excellent pour se fabriquer une veste solide. Quant aux bois, il trouverait à les vendre à un bourgeois de la ville.

L'automne était là ; les aiguilles des mélèzes, devenues orange, tomberaient bientôt, ainsi que les feuilles jaunes ou rouges des feuillus. Ne resteraient vivaces que les épicéas, les sapins bleus ou noirs, bientôt recouverts par la neige, et la Mazurie ne serait que blancheur. Les grands froids viendraient, qui tuent aussi sûrement qu'un lynx égorge le lapin. Mais pour l'heure, les derniers rayons de la saison réchauffaient la carcasse de

Conrad, qui portait comme à son habitude un mousquet à la main, un autre sur son dos, maintenu par une large lanière. Ces vieux fusils étaient lents à recharger, et le trappeur voulait être sûr de pouvoir tirer deux fois, si nécessaire.

S'enfonçant au cœur de la forêt de Pisk, Conrad se dit que l'élan devait être effrayé, peut-être parce qu'il avait pressenti qu'il était suivi. Ou bien il était malade, ou blessé, car les élans de belle taille – ce qui était le cas de celui-ci, ses larges empreintes le démontraient – évitent en général les forêts touffues, où leurs larges bois peuvent se prendre aux branches et les maintenir prisonniers jusqu'à la mort.

« Espèce de crétin », marmonna Conrad, car il n'aimait pas que la chasse fût trop facile. « Défends-toi un peu. Je vais te trouver empêtré. Un moucheron dans une toile d'araignée. » Et ce fut ce qui se passa. L'élan, à deux coudées d'une clairière, avait pris la spatule d'un de ses deux bois dans des branches souples. Il s'arc-boutait sur ses pattes puissantes afin de se dégager, secouant son encolure comme un cheval fou alors qu'il lui eût suffi de se pencher en avant pour recouvrer sa liberté.

« Crétin », souffla à nouveau Conrad.

Puis il fit feu.

Le trappeur n'était pas content. Il avait dû effectuer plusieurs voyages pour sortir, morceau par morceau, l'élan de la forêt. La tâche avait été épuisante, mais il savait que s'il avait traîné, des ours, des loups, des renards, des lynx, des chats sauvages ou des gloutons eussent vite avalé le produit de sa chasse. Ensuite, il avait fabriqué une claie, sur laquelle il avait disposé ce qu'il s'apprêtait à rapporter à sa cabane. Puis, assis sur un arbre tombé à l'orée du bois, il avait roulé du tabac noir dans une large feuille de papier et s'était mis à fumer. Le soleil déclinait, teintant de cuivre les gros doigts de Conrad.

L'élan était vieux, le trappeur l'avait vu à l'extrême usure de ses dents. Très vieux. Il avait vécu une longue vie, pour périr dans les branches, aussi stupidement que l'eût fait un faon.

« Le vieillard retourne à l'enfance, et cette enfance le tue », se dit Conrad. Il pensa que lui aussi, un jour, mourrait seul. La tristesse l'enveloppa, en un fin nuage impalpable qui se mêlait à celui de sa cigarette.

C'est alors que sur sa gauche, à une centaine de mètres en terrain dégagé, il vit un rocher bouger. Il jeta le mégot et se pinça l'arête du nez.

«Je n'ai pas bu une goutte depuis trois jours, bon sang.» Mais lorsqu'il rouvrit les yeux, le rocher bougeait toujours. Une masse blanche, qui s'éloignait en traversant la plaine marécageuse. Conrad se mit debout, et tendit son regard vers le phénomène.

«Qu'est-ce que c'est que… Qu'est-ce?… Un bison! Un bison blanc!»

Il savait qu'ainsi, à découvert, et même si le vent de face jouait pour lui, il serait vite aperçu de la bête, mais il n'avait pas le temps d'établir un plan de chasse. Il se mit à courir droit sur l'animal, laissant sur place sa claie, la peau, la viande et les bois de l'élan.

*
* *

Le patron et les clients de la taverne de Myszyniec surveillaient Conrad avec inquiétude. Celui-ci avait bu sa première bouteille de vodka, et en commençait une autre. Il discourait à voix haute, sans interlocuteur particulier.

– Un monstre ! Une montagne qui marche ! Un bison blanc. Blanc neige ! Il est à moi ! Celui qui le tue, je le tue. Est-ce que c'est compris ? brailla-t-il à travers la pièce.

Un murmure d'acquiescement s'éleva dans la taverne. Conrad ne savait pas pourquoi il avait éprouvé le besoin de parler de la bête, qu'il avait poursuivie jusqu'à la nuit tombée, sans réussir à la rattraper. Lorsqu'il était revenu à la claie, la peau de l'élan et la viande avaient disparu. Ne restaient que les bois. Trébuchant dans le noir, Conrad était rentré à sa cabane, mais il n'avait pas trouvé le sommeil. La journée du lendemain l'avait vu agité, incapable de prendre une décision, traînant les pieds ; en fin d'après-midi, il était parti pour Myszyniec.

On ne le croyait pas. Aucun des Mazuriens aux alentours n'avait jamais vu de grand bison blanc, et dans la taverne on chuchotait que cette brute de Conrad était enfin devenu fou, à force de vivre dans sa solitude.

– On te le laisse, ton bison ! s'enhardit à lancer un des buveurs.

Il y avait dans sa voix une pointe d'ironie qui traversa les vapeurs d'alcool baignant le trappeur.

Conrad se dressa de toute sa taille.

– On ne me croit pas ? Hein ? Hein ?

Il souleva la table devant laquelle il était assis, un meuble large et massif, fait pour accueillir une douzaine de convives. Il la brandit au-dessus de sa tête. Le patron de la taverne poussa un gémissement. Tournant la tête en tous sens, Conrad semblait se demander où il allait jeter cette table. Les clients ne bougeaient plus, ne parlaient plus. Mais le trappeur reposa le meuble, avec délicatesse, puis il haussa ses larges épaules et de l'index lissa sa moustache.

– Imbéciles. Vous ne me croyez pas, eh bien, tant mieux.

Il lança une poignée de pièces au patron, s'enveloppa dans son manteau en peau d'ours et sortit au vent du soir.

Rien n'occupa plus l'esprit de Conrad que le grand bison blanc. Il voulait au moins le revoir, et puis, et puis il ne savait ce qu'il ferait, mais il devait s'assurer de la réalité de la bête. À cette époque, déjà, beaucoup de bisons européens, à l'instar de leurs cousins américains, avaient été tués par les hommes, et on ne rencontrait plus jamais les troupeaux d'autrefois. D'ailleurs, le Blanc était un grand solitaire. Les bisons mâles ou femelles, à partir d'un certain âge, vivent loin de leurs congénères.

L'hiver fut là, et la neige, qui tomba dru.

« Blanc sur blanc », grommelait Conrad. « Blanc sur blanc. Je vais m'amuser, à le retrouver. »

Mais, loin de le décourager, la perspective des difficultés de la recherche affermissait la détermination du trappeur. Il quadrilla les alentours de la grande forêt de Pisk, puis vadrouilla vers celle de Kurpie, et enfin, quand les froids prirent leurs quartiers, ils le surprirent aux alentours des bois de Boreck, à presque cent kilomètres de sa cabane. Il bivouaquait sous sa tente de peau, mangeait de la viande et des champignons séchés, qu'il faisait gonfler dans de l'eau chaude.

Bien sûr, une peau de grand bison blanc pourrait être vendue à un prix extravagant – pour peu qu'on trouvât un riche amateur en ville, cela pouvait atteindre des sommets –, mais ce n'était pas l'argent qui poussait Conrad dans sa quête. Il lui semblait, pour quelque raison étrange, que la rencontre du grand bison modifierait son existence ; comme beaucoup d'ermites, il rêvait plus que ne le font les hommes dont la compagnie occupe l'esprit. De ces rêves éveillés qui finissent par se mêler à la vraie vie. Et ces songes peuvent guider jusqu'aux plus importantes décisions.

«Je dois trouver le Grand Blanc. Il le faut absolument.» Conrad courait après le trésor de son souvenir: celui d'un pâle rocher qui bouge dans la plaine et bouleverse le cours des choses.

*
* *

Le trappeur avait quitté sa cabane depuis trente-sept jours lorsqu'il retrouva le bison blanc, non loin du lac de Mamry, une étendue d'eau si majestueuse que certains l'appelaient la petite mer. L'animal était presque impossible à voir sur fond de neige, ainsi que l'avait redouté Conrad, mais le hasard avait voulu que le trappeur fût encore allongé près des braises du feu de la nuit lorsqu'il avait distingué la masse, se détachant à l'horizon. Ni les congères ni les collines ne se déplacent. Ne prenant même pas le temps de rassembler ses effets, Conrad n'emporta que les deux mousquets et la boîte de balles à têtes creuses qu'il avait fabriquées avant de partir pour sa longue quête. La neige était durcie par le froid de la nuit, et le trappeur put courir sans avoir besoin d'enfiler ses raquettes. Cette fois, il avait la journée. Et, bien que la neige fût glacée, elle garderait l'empreinte du monstrueux bison. Conrad était certain que cette occasion verrait sa victoire. Une envie de chanter lui vint aux lèvres, et seule l'habitude de ses traques silencieuses l'empêcha de célébrer un triomphe prématuré. Il gagna sur le bison, qui se déplaçait lentement entre les touffes mortes et sèches des joncs brûlés par le froid. «Mon destin! Mon destin!»

Ces mots résonnaient étrangement sous son crâne.

Puis il s'enfonça d'un bloc, jusqu'au cou.

Il y avait là une source d'eau chaude, sulfurée, dont la température avait permis que seuls deux centimètres de la surface fussent gelés, tandis que les eaux du lac tout proche étaient saisies sur plus d'un mètre de profondeur.

Conrad était pris dans un trou tiède, presque chaud, à la température de son corps. Seule sa tête en dépassait. Et le vent se leva, pour raboter la neige. À moins trente degrés centigrades, ces bourrasques pouvaient être fatales à un homme sans abri. En temps normal, Conrad eût cherché un refuge, ou se fût allongé au sol, s'enroulant dans ses vêtements. Mais il était là, dans le chaud placenta de la source. C'était son salut, ce serait sa perte. Car, tant qu'il resterait dans l'eau, il ne gèlerait pas. Mais qu'il sortît, mouillé, et en moins d'une minute il serait transformé en statue de glace.

Il avait beau s'efforcer de réfléchir, aucune idée ne venait à Conrad. Les rafales charriaient de petits cristaux glacés qui déchiraient son visage. Il commença à mouiller sa tête d'eau chaude, sachant que cela l'obligerait à recommencer sans cesse l'opération, pour que son nez, ses lèvres, ses oreilles et même ses yeux ne vinssent pas à geler. Il remuait un peu, également, afin que la surface qui se durcissait à nouveau ne commençât pas à enserrer son cou.

Il pouvait toujours crier ; à cet endroit et avec ce temps, personne ne passerait.

Ainsi, Conrad resta deux jours dans le trou d'eau sulfurée. Aux premières heures de ce bain singulier, il pensa à risquer le tout pour le tout, s'enfuir et retrouver les effets laissés à un kilomètre de là. Quelques minutes, à la course. Ce serait trop, pourtant. Puis il s'enfonça dans une sorte de morose résignation. Il mouillait son visage qui gelait presque instantanément, puis il le remouillait. Il pensait à ces ratons laveurs faisant si soigneusement leur toilette. La journée passa, puis la nuit, puis une autre journée, et encore une nuit. Au matin du troisième jour, le bison blanc revint. Droit sur le trou d'eau. Depuis longtemps, les mousquets mouillés, aux mécanismes vitrifiés, avaient été posés par Conrad à côté de lui, inutilisables.

Jamais le trappeur n'avait vu de bison de cette taille, et, surtout, d'une telle blancheur sans tache, plus parfaite que celle de la laine d'un mouton douché. Des longs poils pendaient le long du garrot, du poitrail et de la gorge ; ils flottaient au gré des caprices du vent. Les courtes cornes, dagues puissantes, se dressaient là-haut, trois mètres au-dessus de la tête du trappeur.

Même lors de sa petite enfance, Conrad ne s'était jamais vu ainsi désarmé. L'énorme bête vint planter ses sabots à deux mètres du rebord du trou, et pencha son mufle vers l'homme.

Dans ses yeux, Conrad lut un mélange de lassitude, de sagesse, de sauvagerie, des sentiments qui ne s'accorderaient guère chez un être humain mais qui, chez un bison, devaient faire bon ménage.

« Vie pour vie. J'ai voulu le tuer, il va m'écraser dans mon trou », se dit Conrad.

Il était épuisé. Ses jambes ployaient parfois sous le fardeau des lourds vêtements gorgés d'eau, et il laissait sa tête s'enfoncer sous la surface, avant de remonter respirer, chaque fois avec plus de difficulté.

Le bison blanc le contemplait. Le vent diminua, puis s'arrêta tout à fait, laissant en suspens le silence des neiges, à peine troublé par la respiration profonde de l'animal qui produisait des panaches du buée denses comme des nuages. Combien de temps cela dura, Conrad ne le sut pas. Mais enfin le bison lui tourna le dos, et, tout près du trou, déversa un monceau de bouse fumante et sèche. Puis il s'en alla, sans un regard en arrière. Conrad sut ce qu'il devait faire. Il réussit à s'extraire du trou, puis, à genoux devant les excréments du bison, il se déshabilla et commença à s'en frotter le corps, jusqu'au visage. Il en fut réchauffé mais, lorsqu'il voulut remettre ses vêtements, ceux-ci avaient déjà gelé ; froissés, ils étaient durs comme du carton, impossibles à enfiler. Conrad les ramassa et courut, nu, jusqu'à l'endroit où trois jours auparavant il avait laissé ses effets. Par chance, disposés au pied d'un arbre, le vent ne les avait pas déplacés. Le briquet à amadou se trouvait toujours dans la poche du sac. Conrad sauta pour arracher des brindilles aux basses branches d'un grand pin cinq aiguilles. Quelques minutes plus tard, il avait allumé un feu devant lequel il dansait une gigue maladroite, qui n'était pas de joie, mais de frénésie de survie.

La glace des vêtements fondit, répandant dans l'atmosphère une odeur désagréable, due au soufre des eaux chaudes. Conrad se brûlait les poils des jambes et de la poitrine, la barbe, la moustache, les cils et les sourcils aux flammes claires, mais il lui semblait n'en être jamais assez près. Lorsqu'il put enfiler ses vêtements, il retourna au bord du trou d'eau et récupéra ses mousquets. Il regarda les traces du grand bison. Puis il sortit sa boussole et partit, se sentant léger, presque flottant dans l'air immobile, en direction de Gizycko, le plus proche village.

*
* *

C'est à Gizycko que Conrad Zimnowicz, mon père, rencontra Zofia, ma mère. Je suis le cadet des sept enfants qu'ils eurent. Mais peut-être faut-il que je raconte comment ils en vinrent à se fréquenter. Je tiens ce récit de mon père ; il ne m'a révélé ces aventures – celle du bison, et le reste – qu'au printemps dernier, alors qu'il fêtait sa quatre-vingt-seizième année. Sa femme, notre mère, avait disparu au cours de l'hiver précédent. Il ne voulait pas que la relation de ces événements fût à jamais perdue.

– … ensuite, Zbigniew, je suis arrivé à Gizycko à l'heure du déjeuner. Le vent s'était remis à souffler, j'étais très fatigué, et transi. Je suis tombé devant une maison et je n'ai pas réussi à me relever ; juste à m'asseoir. Alors j'ai frappé contre la porte de la maison, et c'est ta mère qui m'a ouvert. Elle avait dix-neuf ans, et les cheveux blond-gris, des yeux noirs qu'on eût dit goudronnés. Elle vivait avec sa tante. À elles deux, elles m'ont fait entrer, sans poser de questions. Si j'ai attendu tellement longtemps pour raconter cela, c'est que, eh bien, c'est que j'ai pleuré, pour la première fois depuis que j'avais été un petit enfant. J'ai pleuré de reconnaissance, parce que le grand bison blanc ne m'avait pas seulement sauvé la vie pour que je continue ma morose existence. J'étais convaincu, et je le suis encore aujourd'hui, que cette jeune fille aux cheveux de plume faisait partie du présent. Quant à savoir pourquoi le bison m'a fait cette grâce, à moi, l'homme qui voulait lui voler sa peau… Je ne le saurai pas. Ce que je sais, en revanche, c'est que, de ce jour, j'ai abandonné mes mousquets pour me faire charpentier. Ma cassette d'or m'a permis d'offrir à ta mère un beau mariage, et un logement décent. Voilà le cadeau du bison blanc.

« Tout ça pour un tas de bouse déposé, par accident ou par mépris, devant un trou d'eau », me suis-je dit en voyant mon père, si vieux, passer sur son visage ses longs doigts grêles à la peau fendillée.

Mais le soir, alors que j'essayais de m'endormir dans le train qui me ramenait à la ville, une phrase m'est venue, de celles que murmurent les vents de Mazurie :

« La magie est partout, pour peu qu'on y soit ouvert. »

Sommaire